艾米莉

Emily's Heart of Gold

善良的心

同情心 | Compassion

[澳] 肯·斯皮尔曼 / 著　[新加坡] 陈俊强 / 绘　彭安琪 / 译

四川科学技术出版社

第一章

艾米莉最讨厌的词是"自私"和"宠坏了"。

她已经听得耳朵都要起茧了。

难道说出内心的真实需求就是自私吗？

如果一个人从来都不提要求，岂不是很奇怪？

"艾米莉，"爸爸妈妈总会说，"你必须考虑别人的感受。"

一天早上，妈妈答应艾米莉放学后带她去买鞋子和衣服。

艾米莉的芭蕾舞鞋破了，舞蹈课穿的训练服也有点儿紧了。

她热爱跳舞，过去几个星期一直嚷嚷着买新的舞鞋和衣服。

如果她好好地跟妈妈说，妈妈可能早就给她买了——但是她语气很不耐烦，总是发牢骚。

她好像不知道爸妈还有很多其他的东西要买。

"芭蕾舞鞋并不便宜，"妈妈耐心地对艾米莉说，"但我们还是今天去买吧，这样你就少一件事情烦我了。"

而在同一天，外公突然胸口痛，外婆带

他去了医院。

妈妈一听到这个消息就急忙赶过去了，并且一直陪着外公做各项检查。

当艾米莉看到在学校门口等待她的不是妈妈而是爸爸的时候，她失望极了。

"妈妈在哪里？她答应过我的事情怎么办？"

"外公生病了，"爸爸告诉她，"妈妈很担心。"

　　"但是她答应过今天带我去买鞋子和衣服的！"艾米莉很生气，"她答应过的！外婆陪着不就行了吗？再说，外公不是小孩，可以自己去看医生。"

　　"艾米莉！你真是个被宠坏的孩子。"爸爸的表情变得很严肃。回家的路上，他甚至没有再看艾米莉一眼。

到家后，爸爸让艾米莉在餐桌边坐下，严厉地注视着她。

"外公病了。目前看来，情况可能会很严重。外婆伤心难过，而你妈妈心急如焚。我为了来学校接你，取消了一个会议……"

爸爸停下来深吸了一口气。"天啊，你怎么可以这么自私？现在满脑子想的居然是买不成鞋子和衣服？"

艾米莉在椅子上挪了挪。

"别对我大吼，"她说，"我的头都被吵痛了。"

爸爸气恼地看着她。

他按下墙上的开关，电热水壶的声音越来越大。

“现在，听话——去写作业，别再想鞋子和衣服的事了。”

艾米莉气冲冲地回到房间。

她感到自己的怒火几乎要把胸口炸开了。

艾米莉想：如果妈妈真的回家晚了，爸爸会不会气到不给我叫外卖比萨吃？

第二章

艾米莉做完了功课，想着爸爸是不是真的狠心让她挨饿。

终于，她听到了门铃声，妈妈的声音从客厅传来。

艾米莉把头探出卧室。

"妈妈，晚饭吃什么？"她问道。

　　"过来这里，艾米莉。"回答的是爸爸。

　　艾米莉看到爸爸妈妈坐在沙发上。妈妈
在哭泣，爸爸搂着她的肩膀。妈妈擦了一下
眼泪，示意艾米莉坐到他们身边。

　　"外公明天要做手术。"爸爸告诉艾米

莉，"手术很复杂，风险很高。"

　　艾米莉觉得，爸爸看起来像一个专业的医生。

　　妈妈伸手握住艾米莉的小手。

　　"他可能会死，艾米莉。"妈妈说着又开始哭起来。

　　艾米莉无法想象外公死去，她身边还从来没有人去世。妈妈总是夸大其词，也许现在她也在夸大事实吧。

　　"外公的身体一直都不好——因为他上了年纪就会这样。我打赌他会好起来的。"

妈妈摇了摇头。

"这是个大手术，亲爱的。明天一整天我们都要待在医院陪外婆。"

"那上学怎么办？"艾米莉问道。

"明天请假。"爸爸回答。

呀，这样真好，艾米莉想。

那天晚上，妈妈订了比萨。艾米莉吃得很饱，她躺在床上，格外清醒。

她满脑子都是外公的身影。

外公是一个很温和的人，有一颗金子般的心。

他从没有说过她被宠坏之类的话，总是讲笑话给她听。

即使在艾米莉跟父母闹矛盾的时候，外公也最多努努嘴，耸耸肩，好像在说：

"所有的父母都必须经历这样的考验。"

如果那颗金子般的心停止跳动了怎么办？如果外公真的死了怎么办？……

第三章

医院比艾米莉想象的要大得多，也忙碌得多。

电梯里挤满了人。

护士和护理员在走廊上来去匆匆。

好像所有人都在等待。

外婆坐在那里，腿上平放着一本书，但却压根儿没有翻看。

爸爸回复完工作邮件后，把电脑让给艾米莉玩游戏。

即便这样，时间依然过得很慢。

艾米莉想知道，外公的心脏到底出了什么严重的问题，要这么长时间才能修好。她心里也开始不好受。

　　和外公在一起的快乐时光在她头脑中一一闪过。她看着外婆，突然意识到她该有多忧虑。

终于，一个护士过来坐在外婆身边。

"您丈夫的手术很顺利。"她说，"他很快就能回到病房了，但是需要过一段时间才能康复。"

外婆松了口气，如释重负。她看着妈妈，"他没事了。"她轻声说道。

又过了两个小时，他们见到了外公。

一进门，艾米莉以为走错了房间。外公虽然上了年纪，但是绝没有病床上的人这样衰老。

这个人脸上戴着氧气罩，头发稀疏，脸颊凹陷。

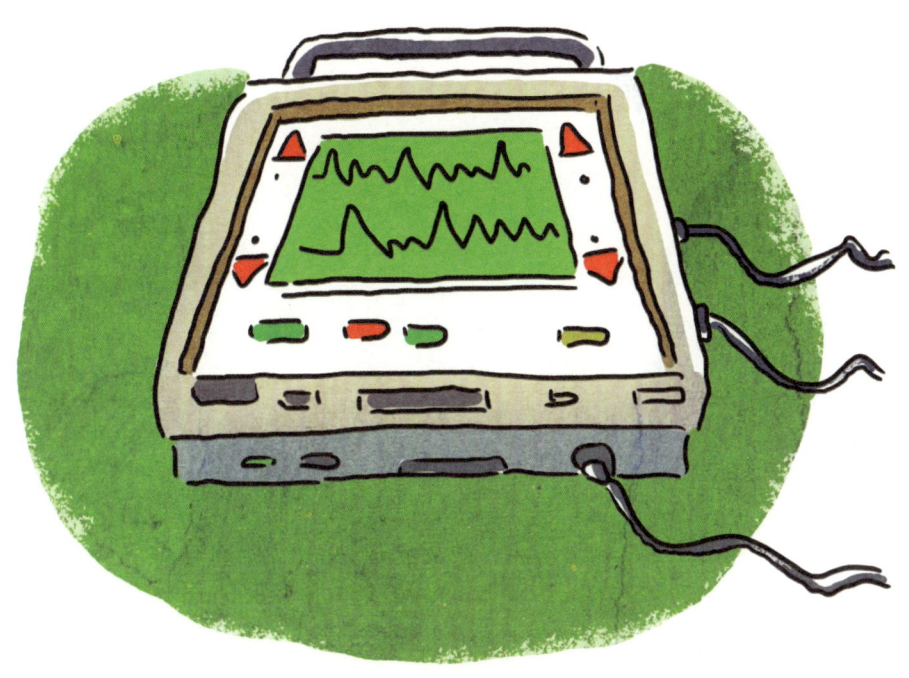

　　直到妈妈和外婆都亲吻了这个人，她才相信这真的是外公。病床上的外公骨瘦如柴，一声不吭。

　　艾米莉突然很恐慌，担心上次护士给他检查身体后，他就死了。她注意到连接着他的一台仪器正在画曲线图，她想那应该表示一切正常吧。

突然，泪水涌上了她的眼眶。

爸爸轻轻地把手放在她的肩膀上。

"没事的，艾米莉。外公挺过来了。"

妈妈向他们看过来。

"我们差点儿失去他了，是不是，亲爱的？但是现在他没事了。外公会好起来的。"

艾米莉看到妈妈眼中流露的神情，再也抑制不住。她扑进妈妈的怀抱，眼泪止不住地流下来。

离开医院的时候，艾米莉情不自禁地回想起那天在医院里看到的其他所有人。

有些人病痛缠身，有些人奄奄一息。

在等候室里，有人可能听到了噩耗——关于他们的祖父母、父母、兄弟姐妹，甚至是他们的孩子。

艾米莉浑身战栗，好像险些失足跌入无尽的深渊。

第四章

外公很快又有力气讲笑话了，生活几乎恢复如往常一样。

每天下午，艾米莉都会跟妈妈一起去医院看望他。通常他们会跟外婆一起吃晚饭，并帮她做一些事情。

艾米莉从没有抱怨过。因为她记得外公手术那天自己的感受。

外婆小小的阳台花园里有一朵花盛开了，艾米莉走过去把它摘下来，想插到外公床头的花瓶里。

一小队蚂蚁正拖着一只死去的飞蛾穿过阳台。想都没想，艾米莉脱下鞋准备拍打它们。

当她看着蚂蚁缓缓行进时，却犹豫了。对它们来说，这一下拍打多重啊，她突然决定还是不要伤害它们了。

艾米莉再也没有催促过妈妈，妈妈却已经给她买好了新的芭蕾舞鞋和衣服。

　　"自从外公住院以后，你就一直很懂事。"妈妈告诉她，"所以我们决定等你星期二上芭蕾课的时候，再给你订购一件芭蕾学校的风衣作为奖励。最近你变得很体贴，我真为你感到骄傲。"

　　一天学校课间休息时，艾米莉注意到一个女孩独自坐着。

　　女孩凝视着地面，不断揉搓着手掌。她跟艾米莉不在同一个班级，艾米莉觉得她可能刚刚转学到这里。

　　"你还好吧？"

　　女孩点点头——但是她的眼睛告诉艾米莉她并不好。

　　艾米莉坐在她身边。"你是新来的，对吗？"

　　女孩又点了点头，并耸了耸肩。

　　"但我总是新人，因为我总是在转学。"她说，"只要爸爸对我的成绩不满，他就会怪学校不好。然后我就会转学，又要开始交新的朋友。"

　　"你妈妈也希望你搬到这里来吗？"

　　"我妈妈去世了。"女孩回答。

艾米莉的脑海中飞快地闪现出许多问题，但是她没有提问。她张开双臂紧紧地拥抱了女孩。

她想到了外公，她想到了妈妈，还想到爸爸总是原谅她发的脾气和犯的错误。

她设身处地地想象着这个女孩的处境，内心充满了同情。

　　"你叫什么名字？"艾米莉问道。

　　"朱莉。"

　　"我叫艾米莉。如果你爸爸再让你转学，我们还继续做朋友，好吗？"

　　朱莉笑了。她腼腆的笑容就像雨后初晴的阳光。

　　"好啊。"她开心地说。

外公身体康复后，外婆在一家很受欢迎的餐厅预定了座位。

"艾米莉，"外婆说，"你帮了我很大的忙。我们一起去看电影吧——我们还会在餐厅和其他人碰面。你想不想邀请一位你学校的朋友加入？"

"我可以叫上朱莉吗？她刚刚转学过来。"

"当然可以。"外婆微笑着说，"你有她妈妈的电话号码吗？"

艾米莉向外婆解释了朱莉的情况。

她感到前所未有的感恩，为自己所拥有的一切和没有失去的一切。

大家一起来讨论

1. 艾米莉的父母为外公担忧，但是艾米莉却只关心妈妈没有兑现带她买东西的诺言。为什么会发生这种情况？

2. 艾米莉无法想象外公死去，因为她身边还从来没有人去世。当一个人死去的时候意味着什么？你身边有没有人去世呢？你是什么感受？

3. 是什么使艾米莉记忆中的外公拥有一颗金子般的心？

4. 当外公做手术的时候，艾米莉及其家人是什么感受？

5. 当听到护士说手术顺利的好消息时，艾米莉及其家人是什么感受？

6. 外公手术顺利，但为什么艾米莉看到外公的时候哭了？

7. 外公手术后艾米莉变得很体贴，妈妈因此称赞了她。体贴意味着什么？艾米莉的哪些语言或行为使她获得了妈妈的称赞？

8. 在听了朱莉的家庭情况后，艾米莉对自己的家庭和所拥有的一切是什么感受？你发现了故事最后的艾米莉和故事开始的艾米莉有什么不同吗？

9. 在字典中查找"同情"这个词。故事中艾米莉是怎样表达同情的？

10. 你如何看待你身边富有同情心的人？在语言和行动上，你怎样能够变得更加体贴呢？